向天空

拉　满　弓

桑　子

著

中国工人出版社

时间轴转动当中的新鲜诗意

——“工业诗丛”总序

霍俊明

> 未来已来，预言是对接舱口
>
> ——杨克

> 新的秩序和前所未有精神的焕发
>
> ——桑子

时位移人，诗随世变，诗歌应该成为最纯粹最自由的“动词”用来应和时间轴的转动，在每一次时光流转和时代更迭中新鲜的诗意也相应而生。众所周知，每一时代的“诗意”“诗性”以及诗风是有一定区别的，比如古典的农耕文化和乡土文明就与当下城市化、速度化、媒介化的现代性景观的“诗意”迥然不同。我们尤其要注意到在现代性的进程之中，复杂的崭新的时代经验都应该是诗歌以及文学中“诗意”的重要构成部分。此次中国工人出版社推出的“工业诗丛”让我们再次聚焦诗歌与时代的交互，围绕“工业诗歌”或“工业叙事”展开相关讨论。

1.

任何一种“主题写作”都要尽量避免社会学的知识套用以及伦理化和道德化的发声优势，诗歌写作没有任何终南捷径可言，蹭热度的跟风式写作最容易被时代与人民抛弃。我们最终衡量作品和作家的标准永远都是历史性和美学性的融合，二者缺一不可。对于诗歌创作而言，“诗”“诗性”“语言”是第一位的，这也正是我近年来一直强调的“诗性正义”之所在。

显然，与新时代、新科技、新产业、新行业、新材料、新能源等密切关联的主题创作正在成为新的生长点。此次纳入“工业诗丛”的有杨克的《每一粒光子的轨迹》、凸凹的《怀揣手艺的人》、桑子的《向天空拉满弓》以及王二冬的

《该怎样将一个快件递给你》。他们通过各自差异性的视角、观照区域以及抒写方式为我们展现了新时代背景下“工业诗歌”的新景观以及新鲜的诗学和社会学话题。这些诗歌为我们认知科技新变、行业动态、工人群体精神样态以及新工业的机制、生态、场域提供了多样化的切口和路径，一定程度上也为我们提供了具有新质的现实经验和诗歌经验。

工业转型是时代转型的一部分，而时代转型也必然影响到行业从业者的人生观、价值观、世界观，必然影响到每一个创作者的心态以及日常生活的方方面面。从传统工业到新工业以及后工业，越来越多的新的时代经验迎面来到诗人面前。那么，诗人该如何有效地通过诗歌的形式来回应、处理、转化和提升时代经验进而传达出新鲜的文学经验？这是每一个诗人必须面对的现实难题和诗学命题。时代巨变使得工业以及相应的话语场都发生了动态变化，而具有时代感、现实感和求真意志的诗人有责任来面对和发现新工业与时代以及每个人的内在关系和深层心理机制。

杨克是二十世纪五十年代出生的诗人中最早关注城市以及工业的诗人，甚至早在 1985 年他就对厂房、工地、水电站大坝、截流、搬迁、操作架以及工人的命运予以了“提前量”式的深度观照。这与其生活、工作的经济发达的广东显然有直接关联，当然更重要的在于一个诗人超常的敏感程度和发现生活的意志。时代更迭，江山新变，在杨克这里古典化的诗意“唯见长江天际流”已经在不期然间转化为由华强北、高铁、大国重器、跨海大桥、悬索桥、自动化码头、机械臂、无人机、云时代、人工智能、大数据、人机交互、虚拟现实、卫星星链、纳米、芯片、光子、质子、量子纠缠、基因胚胎、暗物质等构成的前所未有的新工业化的图景和现代性的诗性内核。显然，诗人为我们打开了一道崭新而奇异的时空之门，未来已经成为诗人关注的时间轴。

引力波连接百亿光年星系
我与宇宙里无数个遥远的我
人机交流，而月亮的真相

想象力在唐朝就提前抵达

恍惚中，我们从十维空间
再度重临曾经的世界
戴上多D炫彩眼镜
我看见暗物质，周围如此精彩

——《在华强北遇见未来》

在这些关注时代、工业以及科技新鲜图景的诗作中，杨克既是一个好奇者、凝视者、介入者，又是具有反思精神和人文情怀的深沉歌者。这印证了无论面向传统、历史、现实还是新变以及未来，诗人为我们提供的应该是具有共情空间的想象共同体，而非浅层的外在描摹、镜像反射以及新鲜时代词语的搬运工。

2.

杨克诗集中有一首诗《大国工匠》，凸凹的整本诗集《怀揣手艺的人》都是对这一题材的叠合抒写。凸凹将60位中国工匠以诗化和整体化的方式呈现出来，他们的群像也构成了极为生动的历史景深以及时代表情。值得注意的是凸凹是从历史与现实的双重维度来深入对话这些中国工匠的，无论是在时间跨度还是行业广度上都对诗人提出了非常高的要求，如果没有广博的知识、相关领域的研读以及相应的感受和想象是无法有效完成这一写作任务的。应该说，凸凹在侧重工匠精神的前提下呈现了各行业领军人才的杰出禀赋，“工匠之为工匠，是他比常人多一只眼，多一只手”（凸凹《从工匠到工匠》）。与此相应，每一首诗正文之前的与抒写对象相关的材料介绍起到了“传记”式的历史效果。因为这些诗都是以人物（劳动者、劳模、工匠）为抒写中心，所以诗歌体现出个人化的历史想象力和求真意志，诗歌的历史感、命运感以及人物的可信度也因此得以大大提升。据统计，全国 7.7 亿就业人员中技术工人 1.65 亿，其中高技能人才 4700 多万。从制造大国到制造强国、从中国制造到中国智造，这对行业人员尤其是技术人员提出了更高的要求。在凸凹的诗集中，从水利工程、杂交水稻、农艺、评茶、錾刻、酿酒勾兑、敦煌壁画修复、古籍修复、家具修复、烟机修理、钢琴音板、钳工到医师、内镜微创治疗、慢走丝、地质钻探、石油钻探、铁路隧道建筑爆破、桥梁轨道、压电陶瓷、石墨坩埚、核燃料修复、焊轨、数控铣床、无线电装接、集成电路装调、光纤光缆、电网检修、现代火箭、航天科技、航天焊接、航空车削，其繁复以及陌生程度简直如同万花筒令人目眩。

这把刀
可以拿最硬的家伙开刀
可以让万物飞旋如太阳神鸟

这把刀
可以挟持极寒
压抑酷热

可以把一个薄字
无限切下去

让它

薄得

可以透过大气层最熹微的光

照亮最阴暗的物事

——凸凹《刀的道行——致航空车削高级技师王浩》

凸凹这些带有惊异阅读效果的诗正是得益于谱系性诗歌所携带的精神载力、行业魅力、工匠技艺，得益于这些超凡工匠所激活的诗歌世界当中崭新的时代经验以及语言经验。《论语·述而》：“志于道，据于德，依于仁，游于艺。”凸凹将工匠们的技与艺提升到了“道”的高度，“术到极致，几近于道”，即所谓的“技道合一”。这些工匠的技艺不止合乎于道，而且这些技艺是有灵魂刻度的，是有生命体温的。值得强调的是凸凹的这些主题诗作也在一定程度上体现了“工匠精神”，这些诗的时间跨度长达三十五年（1987—2022），而诗人在情感、经验、修辞、语言、技艺以及想象力等方面也突出了精益求精的品质。更为重要的是凸凹对工匠精神有着非同一般的情感认同。在他的家族中，祖父、父亲以及两位伯父都是技术工业人员，而凸凹本人在中专技校和大专学的都是机械制造专业，还曾在三线航天基地工厂当过多年的刀量具设计员、工厂规划员。由此，凸凹就具有了双重身份，既是一位行业工匠又是一位语言工匠，这本诗集正是名副其实的“工匠”向“工匠”的致敬之作。

3.

杨克的《矮寨悬索桥》《基建狂魔借黑科技上天入海》《跨海大桥，或献给港珠澳》是面向基建的，桑子的诗集《向天空拉满弓》则是集中抒写历史与现实贯通当中的中国桥梁文化。比较有意思的是桑子的《矮寨特大悬索桥》可以与杨克的《矮寨悬索桥》对比阅读，看看同题材诗歌之间的差异和特性。

无论是大时代还是小时代，都有诗人在抒写那一时代的史诗进而成为“诗史”的化身，伟大的桥梁文化同样需要伟大的诗篇，桥梁也成为现实和诗歌的双重载体。迄今为止，国内还没有以中国桥梁为承载体的工业主题诗歌集，桑子的诗集则填补了这一空白。中国桥梁文化源远流长，尤其是新时代以来中国的道路建设、桥梁建设展现出前所未有的活力和膂力。一座座形态各异、技术高超、难度翻倍的桥梁跨越高山、峡谷和大江大河，它们通向世界也通向历史和人心。因为工作的原因，桑子几乎天天与桥梁和道路打交道，她对桥梁建设怀着非同一般的情感。正如她所言："作为一名公路桥梁的建设者，我有幸看到了一条条道路以及一座座桥梁的建设过程，一座座桥梁诞生的过程也正是新科技、新工业的历史显影的过程。我有幸一次次去过那些工地，也得以更深层次地去面对、观察、感受和言说这些桥梁的世界。在这种真切的个人化视角的田野考察中我一次次置身于这些钢铁构建和水泥混凝土以及高科技材料当中，我尽力地让自己匍匐得更低，从而更为真切地去记录那些很有可能迅速消失在历史长河中的景象，倾听那些宏大或幽微的声音。”（《我要努力写出的是桥梁“史诗”》）桑子的桥梁叙事不仅关注历史与时代的互动而且强调个人与历史、传统、现实的深度全息对话。她更为侧重内在的精神剧变和心理渊薮，以隐性而又丰富的充满张力的情感故事、人物形象、历史维度、时代视角来构架，显性和隐性构成双层叙事结构。桑子的中国桥梁叙事印证了特里·伊格尔顿所言的文学创作首先是个体的精神事件，围绕着桥梁这一精神场域，诗人生发出历史的声音、时代的声音、桥梁建设者的声音。与此同时，这也是宏大时间背后那些更为细小也更为动人心魄的自我的声音、生命的声音以及自然万物的声音，“仿佛是所有人的命运 / 我们向北向南/不断与过去和未来的自己重逢”（《伶仃山外伶仃洋——伶仃洋大桥叙事》）。桑子的诗歌话语方式与一般意义上的“女性诗歌”有很大差异，她总是能够在略显宏大的题材和抒写中（比如战争、文化、工业建设）彰显出充满智性和想象力的奇崛空间，她处理、转化和内化历史的能力尤其令人称道。对于桥梁文化，桑子感同身受。这不仅因为她自身行业工作的原因，而且在于她的故乡绍兴本身就是一座桥乡——八字桥被认为是中国的第一座立交桥，所以她的桥梁叙事中出现了诸多与绍兴、浙江有关的桥梁文化元素。工作与故乡文化融合，这就使得桑子与桥梁之间形成了近乎灵魂和命运般的内在呼应和深度交谈。她所抒写的桥梁无论是历史层面的还是现实和技艺层面的，它们都携带了生命内核以及时代的全息影像，这些桥梁也成为大地、高山和大河之间的血脉或信使，成为打通历史、世界、现实以及未来的精神共同体，“每天向天空拉满弓 / 万矢齐飞 / 从我们广阔的国度 / 从无数个世纪出发”（《暴雨中的工地宿舍》）。

4.

杨克的《接单何须问峰横》是献给京东五台山营业部的两位快递小哥孙磊磊和刘伟的，王二冬的诗集《该怎样将一个快件递给你》则聚焦整个快递行业，甚至这几年王二冬已经被贴上了“快递诗人”的标签。

实际上，每一个从业者都是时代叙事的主角，正如王二冬在诗集的序诗中所强调的，“你正参与着这些诗篇的创作 / 它们源于火热的生活”（《致读者》）。王二冬的“快递”诗篇印证了诗意与行业的深刻呼应关系，诗集的四个小辑“收”“转”“运”“派”与现实当中的快递业务流程直接对应，这是名副其实的“现实诗意”。而作为附录部分的“诗解常用快递术语”则以“关键词”和“词典”以及“四行诗”的形式打开了快递行业及其业务流程的多层次空间，包装填充物、电子运单、分拣、封装、即时快递、快件、冷链快递、逆向快递、取件码、手持终端、无接触快递、循环包装箱、异形件、验视、智能快件箱等这些日常生活中人们熟悉或陌生的环节都被赋予了时代性、行业性以及人性和诗性的多重元素。值得强调的是王二冬的这些“快递”诗歌并不拘泥于快递行业，而是以此为中心生成了整体化的生存认知以及价值观、世界观层面的综合性场域。与此相关的时间、空间、人物、事件、场景和生存样态都具有了现实性、生命感和切片式的寓言化特征。这是由点到面、从宏观、中观到微观、从城市到乡村、从行业到个体、从体系到细节的综合化的理解方式、观照方式、想象方式以及抒写方式。“快递员”在王二冬这里既是具象的可感的个体又是群体的象征化的精神肖像。这印证了诗学最终是“人学”，诗歌最终要落实在真实不虚的生命体上，而王二冬打动读者的这些诗作也正得益于此，比如《中国快递员》这首诗。

这是用快件堆起的山
他们独自上山、下山
又在深夜把最后一块石头
刨掉，沉睡中
他们绷紧的身体
才会跌落进溪谷

快递比拼的是速度和时间，正如王二冬所言，“快递的形状就是时间的形状”，而诗人的责任恰恰在于要将这些日常化的流程化的速度景观慢下来并将之定格、放大甚至变形、整合，以便让我们正视那些被忽视的行业内部机制、运行轨迹以及快递从业者的生存细节和命运纹理。

由这些面对时代、科技、行业新变的诗，由这些围绕“工业”展开的差异性叙事，我们也感受到时刻新变当中的时代经验以及新鲜的诗歌经验和写作经验的更新，只有如此，世界和自我才能保持最初的原创性的一面——

光游移不定
像钟摆于人世
我们兴奋于我们未知之事
大跨悬索桥主缆
缠丝火焰钎接焊
每一束光都致命
这是最高的虚构
如苍茫笼罩无从辨识

——桑子《电弧之光》

是的，时代和世界既是庞大无形的又是具体

而微的，对于已知和未知诗人都应该报以“最高的虚构”，这就是所谓的“诗性正义”的获得与胜利。我也迫切地期待着有更多的优秀诗人和优质主题写作加入中国工人出版社的“工业诗丛”的出版计划当中来，让更多的诗歌随着时间轴的转动而生发出新鲜而又持久的诗意！

2023 年 5 月 14 日母亲节，改定于南磨房

我要努力写出的是桥梁“史诗”

桑　子

《诗经·大雅·大明》：“亲迎于渭，造舟为梁。”这便是浮桥，桥梁最初的形制。西周、春秋前后是古代桥梁的初创时期，秦、汉时期开始出现了砖石结构体系的拱形桥梁，到了两晋、南北朝、唐宋已是古代桥梁发展的鼎盛时期。

从新中国成立到改革开放，适合汽车和火车通行的具有较大刚度、结构相对复杂的钢桁梁桥越来越多地出现。从古驿道、水路、山路、公路和铁路，再到高速公路以及桥梁网络，时代步伐永不停歇地向前，我想一定有什么东西正发生着翻天覆地的变化，也一定有什么精神任世事蹉跎而亘古不变。削平山岭修大道，跨越江河架宏桥，空间在不断压缩，世界在日渐缩小，时间在加速流淌。尤其是新时代以来在祖国的高原、山地、丘陵、岛屿以及大江大河之上各种斜拉索、悬索桥、跨海大桥如雨后春笋般修建开来，一个个建设者逢山开路、遇水架桥，创造了一个个世界第一，铸造了一个又一个现代工程的伟大奇迹。

在世界桥梁界有这样一句话：20 世纪 70 年代以前看欧美，20 世纪 90 年代看日本，21 世纪看中国。由此可见，桥梁建设实则承载着中国经济民生和科技进步，修桥筑路促进地方经济发展、便利百姓出行，是实实在在的民生之举。生活在深山的百姓可以通过桥走出封闭的世界，穿江跨海的桥可以让邻近城市实现便捷通达。桥梁建设更是一个国家科技水平和施工能力的综合展现。从图纸设计到建筑施工，桥梁集纳了当代最先进的理念和技术，展示的是综合国力。筑路架桥人在现实中争分夺秒，一座座桥梁也摧枯拉朽地生长，变成一条条连接村庄和城市的通衢大道，没有谁能阻止它们的形成和壮大。一座座桥梁连通的不只是空间和地理，同时也打通了时代和历史。中国正在发生的巨变在这一座座桥梁上现身，这已是毋庸置疑的事实。在中国大地上各种道路、桥梁纵横交错，路路相通，在地图上织就了一张张巨大而炫目的“信息网”。我们身处的时代和世界都已然是速度化和景观化了的，而高速公路中的“高速”一词完全可以用来形容这个“日新月异”的中国，而“中国速度”和“中国奇迹”一次次令世界瞩目。中国桥梁正以其磅礴的气势和无穷的活力展现在世人面前，一座座桥梁跨越四海，通向世界和未来。当科技、工业、发展、劳动成为时代的主题，我们每个人都置身其间，在现代性的速度化的景观中我们与时代一起滚滚向前，这也是永不停息的时光和生命本身。

伟大的时代需要伟大的史诗。

毋庸置疑，中国公路、铁路以及桥梁的发展史象征了国家的发展之路，但是如果你只是等到它们修成之后，踩上油门风驰电掣、走马观花以及惬意享受“发展”带来的成果，那么你不会看到一条完整的道路，你无从了解一条道路的前世、过往，你更不会真切地感受到和它相关联的那些人生、命运以及草木，而正是这些被忽略被遮蔽的部分构成了一条条道路在其物理向度之外的漫长而幽深的精神里程。

因为工作的原因，我几乎天天与桥梁和道路打交道，对于桥梁建设更是怀有特殊的情感。作为一名公路桥梁的建设者，我有幸看到了一条条道路以及一座座桥梁的建设过程，一座座桥梁诞生的过程也正是新科技、新工业的历史显影的过程。

我有幸一次次去过那些工地，也得以更深层次地去面对、观察、感受和言说这些桥梁的世界。在这种真切的个人化视角的田野考察中我一次次置身于这些钢铁构建和水泥混凝土以及高科技材料当中，我尽力地让自己匍匐得更低，从而更为真切地去记录那些很有可能迅速消失在历史长河中的景象，倾听那些宏大或幽微的声音。我也越来越深切地感受到现代桥梁建设的伟大成就亟须一首首诗歌与之呼应、契合。

当身处一个个建设场面构成的伊格尔顿所言的个体精神事件的场域，我更喜欢倾听时间洪流裹挟中一些极其容易被忽视的细节和声音，这既是生命的声音，自然的声音，也是劳动的声音以及时代的声音。在我看来，这些桥梁更像是大地以及大江大河之上的动脉和毛细血管，它们是有生命、记忆和灵魂的。我也希望通过这些关于桥梁的有温度、力度的诗篇打开一个个窗口，就像纸上的纪录片和博物馆一样被更多的人感受到那些历史和时代的呼吸。当有了直面桥梁建设的勇气和底气，我们才能记住国家建设在高速发展过程中的光荣与汗水。一座座桥梁就是向天空拉满的弓，这是时间和速度构成的宏阔景观，所以我要努力写出的是新时代背景下中国桥梁的“史诗”——当然这一“史诗”首先是基于我个人的感受、观照、理解以及想象。于是，一首首诗来到我的纸页上成为一座座词语的桥，现实的桥，修辞的桥，技术的桥，时代的桥以及未来的桥……

2022 年重阳节改定

目录

伶仃山外伶仃洋

——伶仃洋大桥叙事

出了此地，大海苍茫
伶仃山，赤湾前海中
距城二百里
高一百丈，四面环海
下为伶仃洋
猫道，距离洋面二百七十米
大风在我们身体之外窥视
新的秩序和前所未有精神的焕发

工人在猫道　在天空劳作
像我们的父辈和祖辈在大地
耕种
他们弯腰就触碰了流云
那一年，他们升起船帆出海打鱼

"新安城南，水程而十里
至伶仃山，山外伶仃洋。"
他们熟悉汪洋如熟悉无限敞开的自身
熟悉它的坏脾气以及每一堵浪墙——
这海上的峡谷与峭壁
平行于每个人的身体
校勘着世界的边角

绝无仅有的语言从时间的一端
汇向另一端
世界最大跨径的海上钢箱梁悬索桥
最大的海中锚碇
最高的跨海大桥
光芒照耀的身躯在寂静中闪闪发光
我们在城市能看到它
在广阔的原野能看到它
它在每个清晨醒来
又在每个黄昏给予我们安慰

那一天，我们开车跨越海湾穿过世界

看大海在我们脚下涌动如脚踝的银器
从古老的时间里溢出
无穷的深蓝扑面而来

那一年，我们在他乡听人说起伶仃洋
有人照着东方的太阳画出了它的模样
每天从东到西
阳光让一切熠熠闪耀
仿佛是所有人的命运
我们向北向南
不断与过去和未来的自己重逢

与雪宝山和蓼子特大桥交谈

卡车载着黑夜，翻山越岭
父母与乡邻在马槽添草料
枣红马响亮的鼻息凝固在空气中
还有骡子
它们幽暗的身体藏起
森林的稠密和村庄的衰老

许多年后
我们在郊外看月亮
开车穿过浓雾和幽暗处
一段高速连接着另一段
一段人生连接着另一段
少数人和无限的大多数
如车窗外快速后退的世界

每一条路　每一座桥
一种声音一切的声音
一处光亮一切的绽放
经蓼子、鸡鸣、雪宝山
单拱肋复合转体
竖转 44 度平转 182 度

它长久凝望
世界归于我们的此时此刻
我们的峡谷
我们的崇山峻岭
我们的公路和桥隧
我们的减速带载着草叶气息
卡车驶向微明的村庄和喧闹的集镇
我们只身向前如车灯推着大地前行

不必再被睡眠困住
建设者们已勘察了每块石头丈量了
所有人的旅途
我们与素不相识的人

交会于旷野

车灯彼此照亮

万物欣欣向荣

总是前行　时时抵达

——这世界的核心

从前的挖桩人

最炎热的七月是挖桩的好时节
桩位的分配通过抓阄来决定
桩基所在的地质结构不同
挖掘的难度和工价也不同
碰上不好挖的石头桩或溶洞桩
只能自认倒霉

挖桩是给桥墩挖地基
深度几米到几十米不等的桩井
灌注混凝土后就是桥墩的地基
地基的优劣决定大桥的坚固程度
挖桩有机械桩和人工桩两种
在工地常能见到大型挖桩机
长长的钢铁臂膀和坚固硕大的钻头
由专人靠电力操作

而人工桩是由原始的人力挥舞铁镐
一寸寸往地底刨进
然后再将碎石一桶桶从桩井运出来
祖国有八十万座公路桥和二十万座铁路桥
一半是人工桩
许多人完全想象不了
现代化的高速公路大桥竟然是工人们
用最原始的方式
一镐一镐刨出来的

工友大多是同村或者一个家族
“好多石头哦！硬得像铁一样
老陈这货将我坑了啰！”
他的妻子或兄弟在边上开着吊机
那是相对轻松的活儿
开动卷扬机吊接和倾倒残渣
一个类似辘轳的电力机械
用钢丝吊绳连着装渣土和碎石的大铁桶
有时候也充当升降机

工人们就站在这大铁桶从桩井进进出出

他们年幼的孩子出生不久
就跟着父母来到工地
“挖土机” 和 “推土机”
是这些00后的玩具
他们一个工地接一个工地漂泊
等到上学的年级就被送回老家
成为留守儿童

不幸总像阳光下的阴影时时光顾
有时山石崩落洞口塌方
坏运气仿佛是一铁镐之间的事
调上岩溶区和煤层采空区
突如其来的暗流和泥浆
会成为挖桩人的克星

煤窑改行到工地的小张
总认为这儿比挖煤安全
没有瓦斯和冒顶的危险

但来之后发现危险依然在
老陈就是这样一个倒霉蛋
在加固井壁时
一块石头掉下来砸中他的肩部和腰部
鲜血从他身上汩汩流了出来
但老板说，“是老陈自己不小心”

病床上的老陈很长时间里总是捧着
《工伤赔偿完全解决法律手册》
工友说“其实就不应该用人挖桩，早该用机器
但老板觉得租赁机器价格高，人工更经济”

工地上“警钟长鸣，平安生产无事故累计　天”
的标语仍挂在醒目处
标语“天”之前永远是一块未知的空白
这是项目经理在检查团到来之前
挂在他们必经之路上的一块标牌
工友们伤痛的记忆和无尽的忧愁
都被隐匿在了深不见底的空白中

制图员小何

小何路过桩井时
看到老陈站在一只锈迹斑斑铁桶里
被他老婆用卷扬机一点点吊出井外
他光着上身
脸上蒙着厚厚的灰尘
像戴着仅露出眼睛的面具
烈日灼人

指挥部外面的空地上
村民们费力抬着释迦牟尼像
摆放在一块平坦地
坐北朝南
油布架起了一个简易的棚子
为佛祖遮风避雨

接下来的三两年
它将看到山峦被推倒
架起一座巨型的桥梁
小何图纸上漂亮的弧线
像视网膜上的神经元
感知着将来要发生的事

赶工　热火朝天
睡简陋工棚的汉子们
听风吹过油布的哗哗声
一个梦碾磨着另一个梦
大桥浸泡在月光之中
天空和大地互为前身

项 目 部

——观影《南中国 1994》

他们有鲜明的集体主义风范
单调而呆板
他们操着各式方言
同一屋檐下
南腔北调蓬勃生长
在集体主义的坚硬躯体上
撕开了一道细小裂缝

真正的早上　热气腾腾的大地
出工单上的名字一个接一个被喊响
卡车和拌和机隆隆响
钢筋水泥如植物一样抽出枝条
这是桥的一部分
局部的　象征的

深刻的切割
再造一个自己
光渐强
渐吵闹
那么急迫　那么努力
大桥水平伸展像不断延伸的自己

我们可能抓住的好生活
一望无际
是谁将从这儿启锚远航
波涛是永动的自在与不竭的力量
我们感受着来自砾石来自太阳的光亮

大地的脊背如此坚实
过路的人依附着这光亮
工人在丰饶的大地劳作
真正的创造与亘古不变

浇灌沥青

黄蜂在一大簇虞美人花上
嗡声作响
声音响过远处闷声的隐雷
沿屋檐修筑着一条排水沟
雨水顺着水沟排入宽阔而平缓的溪流

工地正在浇灌沥青
沥青缓缓流入混凝土板块间的缝隙
一条黑色的河流成为大地新的纹理
太阳的热力在地平线上蒸腾

荒草和碎石路甚至老张的脸
在一齐变形
气流正摆脱局限之苦
正在修补自身

正冉冉上升到
虹那样鲜亮的弧度

一年四季
光与光互相吞噬
桥无言
身体里充满着石头和积雪
雪是流放的太阳
只有石头能压住涛声
光的角度和人的高度
几乎是最闪亮的时刻
几乎是一个新的时代

暴雨中的工地宿舍

熟睡的工人被炸雷惊醒
“老张，你的桩井要被水淹了啰”
老张一言不发坐起身点起烟
自己卷的烟草很松
得把一头捏上几下才点着火
他习惯性狠吸一口
然后慢慢地吁出

“木得法子，天要下雨，娘要嫁人”
没一会儿
他还是掐灭了烟披上雨衣去了工地
雷电从游移的云层中闪出
看得见雨水正从高大的树干上
倏倏流下

没多久，桩井真遇上了汹涌的暗流

老张就差那么一米就差那两秒钟被
泥浆带走
事后，工友问老张，“当时你怕吗”
老张说“老子命硬，都没死在矿上
咋会把命丢这上头哪”

好像万物都因一场大雨
息息相关起来
都在拼命往外挤并获得
自身的分量

不只从自己的梦中醒来
在大雨狂乱的脚步声中
他们
成为伸向茫茫时间尽头的
一座座桥

每天向天空拉满弓
万矢齐飞
从我们广阔的国度
从无数个世纪出发

晚年的海鸥在作最后一次搏击

——嘉绍大桥尖山河段合龙记

涨潮了，潮头涌向尖山河段
无数踏雪的马匹越过防波堤
晚年的海鸥在作最后一次搏击
最后一座山冈
最后一道闪电
以刺耳的爆破音闯入大地的皱褶

腥咸的海水
在鱼肚白的天空烘干
钱塘江　亚马孙河　恒河
世界三大强涌潮口
潮水在合龙
黑色的银光闪闪的立体主义浪墙
自己打碎了自己

星星从此流离失所

一次具有独立思想的行动
时间被入侵
2012 年尖山段合龙
大海的骨头和肌腱
举起最后一船钢箱梁

现在开始
世界分设在桥的两端
出鞘的剑指向天空
写下所有澄澈的日子
无所不能的自由将成为
最纯粹的动词

钢围堰与淤泥下的鳗鱼

一张张汗涔涔的脸
一座座倒立的山头
这是海中深潭
钢围堰筑起铜墙铁壁
一墙之隔有惊涛
鳗鱼曾痛饮月光

在钱塘江大潮最凶猛的水域
翻滚
号角一阵紧一阵
钻孔成桩
毫无疑问
大海成为阳光下的巨兽
正被驯服
被筑成高塔或峡谷

我们的工人攀登着光亮
日复一日
那些海浪
那些海底黑色的黏土
那些岛屿　那些海岸线
那些被风吹被烈日暴晒的工人啊
披着盐粒迎风遥望

大船定位在钢围堰边
鳗鱼钻入自己的时间
第一个钢箱梁被吊起
鳗鱼追着速度向船骨靠近
整个四月到十月
鳗鱼身上有极大的快乐

一个崭新的时代啊
工人们晒红了太阳
他们微微加快了脚步
这是第三年

释放主梁纵向线位移的钢性铰
正在安装
无数技术人员穿梭在时间里
无数钢围堰中的水被抽空

夜多么深沉
钢围堰扎根在海床上
鳗鱼短暂地喘息
消失在漆黑的洞穴
它们已把海床收拾干净
在建设者小憩时

大桥柔性的弧度和
被信风驱赶的鸥鹭
笔直峭拔
深邃坚毅
无尽伸展的桥与桥上的人
将抵达世界每个角落
一颗明亮的心
总是获得勇往直前的勇气

忙碌的建桥者下到
钢围堰底部
从前是抽象的存在
这深不可测的海腹
现在干燥温暖

阳光让人感到自由
淤泥下的鳗鱼
曾翻越大桥的钢筋铁骨
多么新奇的时代
是我们的　也是你们的

筑路工人一路向前

到任何一个地方去
这样酷热的日子里
砾石给了我最广阔的疆域
城市和乡村在云中破晓
筑路工人一路向前
成为大地最后的拓荒者

那些沉默寡言的日子
在晨昏时鸟鸣般升起
桥梁架起
预制的浮坞梁板
金色的钢筒对抗
生猛的潮汐
钢筋在水泥浆中
稠密生长

我们的城市和乡村在口舌之争
在恋爱　在奔跑
筑路工效力于最恒久的相聚
他们抛光了所有的日子
每一天都是出发都是归途
银光闪闪

矿石熔化　大地母腹是起点
每个人信心百倍去任何地方
如血液奔流
发白的道路通往所有地平线
筑路工记录着时间和地点
路过的一切都将不朽

白豚桥塔与海岸线

已忘记了是哪一年
白鳍豚追赶着落日
追赶着忙碌的建设者
那一年雾气升腾
许多念想　许多时光
显山露水
它笨重又灵活的身躯
把大海，压低了几分

在深海中，请保持克制冷静
冬日的鱼市
许多东西都闪闪发光
往返两地讨生活的人
很久才去一趟理发店
他们坐船出海

又沿着海湾行驶
白色的越野车和整个下午
沿着金色的海岸线前行

那一天
白鳍豚突然弓起背部
从海中开辟一条大路
雄辩的大海啊明亮的日头
从前或是将来
我们与建设者说起远方

大海的惊涛骇浪
几乎庄严
从前渡口的鸥鸟
看到过荒凉的海
海岸线隐入生锈的山色
几千年的锈迹斑斑
我们的伶仃洋
我们的珠江口

上游千百条河流

带着雄鹰和更广阔的消息

224 个桥墩下

白鳍豚仍走最近那条路

有时它挺身而出把头高高昂起

成为百米桥塔

站在不朽的大海上

光彩照人

深海之吻
——世界最大规模海上沉管对接工程

灰蓝的海水轰隆隆地响
雷霆赋予精准的倾斜角度
一段管节重达 7. 4 万吨
两端封闭后漂浮在海面上如同一艘航母
拖航编队 5000 多吨的力，逆流拖运这
庞然大物
偶尔海鸥歇息在上面
那些彻夜不眠的人要以何种的神力
才能控制住拖航中“航母”的姿势
不让起飞的浪花溅湿过路海鸟的翅膀

大海在黎明时更加宽厚
洋流如风中乱发
每一次带缆都经受着天气

和水文坏脾气的挑衅
沉管节长 180 米
如穿过落日和旷野的那辆慢吞吞的火车
在绸缎质感的海平面上行进
沉管从陆地分散顶推　移至浅坞
再横向牵引至深坞

那头猛狮正抖动它闪亮的皮毛
发出地动山摇的声响
舵手依靠钢缆和大抓力锚稳住沉管
浮运 12 公里
需要精确计算拖力、流速
需要掌握高超的航行控制技术
这些钢筋混凝土最初是大山荒漠的一粒沙
曾置身亿万年的地层深处和无边的寂静中

现在它进入大海的腹地
经过精密的测量和控制
指挥者启动沉放对接测控体系
把沉管拖到安装海域

隧道与沉管截面近 400 平方米
施工误差须控制在 5 毫米之内
“深海之吻”就发生在此处

在伶仃洋国际黄金航道之下
在千百年沉静的海底
33 截沉管将放入事先已经挖好的
20 米深的槽基内
浮运　系泊　沉放　对接
每一次都是第一次
一千四百个日夜连接成
5. 6 公里海底隧道
最深处距离海平面 48. 5 米

终于等到这一天
向千百年黑暗的深海借一束光
我们可以穿越　伶仃洋的腹地
在伶仃洋
每双眼睛都可长久凝望
太多没有被记录的建设者

太多没有说出的故事

只有涛声如惊雷
以沉默以无限献给我们的时代
一切的时代
就在此时此地
我们头顶万顷碧波，光芒万丈

一块打捞上来的水泥坨坨

一九八七年的一块水泥坨坨
在海水中已浸泡了三十几年
等着某一天有人把它打捞上来
诉说伶仃洋诡异的波纹
诉说洋流交会时
海底的浮游生物
会上升
会攀附着它
也有大鱼吞噬小鱼
在绿锈斑斑的深海
也有海龙卷
那时视线模糊
巨大的云团平静而凶险
日复一日
蜿蜒起伏的海床之上

几十吨的雨水在招摇

氯离子在旁如电流流动

有一天

闪电突然照进钢筋丛林

沙沙响

因生锈而膨胀

混凝土开裂剥落……

但没有

什么也没发生

三十年很短

打捞上来的钢筋混凝土试件

银灰色

如一道褪色的闪电

年轻的技术人员把它捧在掌心

预设着它的未来

年复一年

湛江口“暴露试验站”有几千它的兄弟

被侵蚀的表面累积着上万组气候水文

水质以及腐蚀环境的参数

据此可以告诉人们

为什么港珠澳大桥
可以抵抗一百二十年海水的浸淫与冲击

那是大海给予我们一生的激流
太多没有说出的话
用沉默和忠实作答
太多没有走过的路
在暗流涌动中实现
与太阳遥遥相对的深海
它们在时间的岸边扎根
穿行世界几万里

鱼身而鸟翼

——东西人工岛建设

大海曾来自高山
常年积雪的山峰或者
辽阔无边的草原
2011 年工人在伶仃洋上建设岛屿
221 天深插式大直径钢圆筒快速筑岛

几百年
太过短暂
每个世纪
锋利的斧头砍着时光
砍着无数的枝叶
波光粼粼

东西两岛周围

白鳍豚的嗓音如同天籁
这曾是森林最动听的鸟鸣
千百年叹息声中的伶仃洋
海底成堆的淤泥
旧时破碎的山河
八百万立方米
三座淤泥金字塔
将被移走

多少季风　多少洋流
多少人事已沉淀成沙
我们的一生
也是万物的一世

筑岛的钢圆筒重 550 吨
这样的巨无霸西岛 61 个
东岛 59 个
东西两岛各十万平方米
它们在海中拽住一条长五六公里的隧道

岛屿形似鳐鱼
《山海经》载
“鳐鱼常行西海，游于东海，以夜飞”
无数的人经由东西两岛，去往全世界
前路广阔
世界很大
汇聚了大海的养分和无数人类的智慧

电弧之光

光游移不定
像钟摆于人世
我们兴奋于我们未知之事
大跨悬索桥主缆
缠丝火焰钎接焊
每一束光都致命
这是最高的虚构
如苍茫笼罩无从辨识

万物从没有稳定过
光是我们身上最漫长的事物
在自身的局限中
我们认识了世界
世界在碰撞中诞生
巨大的梁柱上有长长的破晓

它的赤诚在闷燃

它的黄蜂有长长的毒刺
如誓言深入灿烂的创口
一次奇特的生存危机
悬而未决
超越一切
赶在所有事件发生之前
无论在何处
以无限之力负天空之重轭
以神的角度获得心的光芒

在崭新的峰巅发出内在的震颤
背向所有的夜晚楔入
一枚闪亮的钉子
箱型内部的电弧光
也许是世界上最笔直的奔腾
来自赞美
来自伟大的法则

从辽阔的低音区
获得隐蔽的支点
白光迎向永远的自由
我们这些无拘无束的孩子注定要
迎着不朽的思想如太阳一样升起
你看，它光芒四射
从旧的时间里挣脱出来
披着力和美
成为未来

北盘江大桥

一

每当太阳西沉时
乌蒙山就被一层红晕紧紧
包裹起来
即使活到玛士撒拉的年纪
这片土地也是如此神秘
鹰隼正低低地在雪顶和
矮灌木丛上飞过
百万年前也是这样
飞向黑夜
或者黎明
这样的时候
没人会把自己当成智者
生命本身超出智慧

在自身与它物之间有一条秘径
在与大地融为一体之前
必须穿越它

二

北盘江 449 公里
落差 1985 米
急流险滩流经云贵高原
沟壑险峻
溶洞丛生
群山环抱中央一道光辉的水流
乃地球上最为自由与激情所在

时间向外扩张抵达了空间的永恒
北盘江在每一座森林
每一片草原之间
无声流动
千百年来
一道江水把滇黔两地天然隔绝

贵州都格镇和云南普立乡隔江而望
它们之间隔着三座山头四十公里山路

三

在稠密的秩序中写下他们的故事
那些养蜂人
在蜇痛中酿出了蜜
他们黝黑的脊背
闪闪发光
如穹顶
如天空
设计师们曾攀爬北盘江两岸高山
数百次
两岸石灰岩密布
稍不留神就遇上巨大的溶洞
有的溶洞将近百米深
就像一颗颗地雷埋在山体当中
为躲避遍布山体的溶洞和裂隙
设计人员将桥的位置不断往高处移

时间就这样在建造在修复
他们的臂力是大地的伟力
他们的智慧是时间的荣光
他们的创造力是春天的种子

在 565 米的高度铺设桥面
在天空和大地之间
在深谷之上
有亘古的法则
万物的平衡点
一条路就是无数条路
一座桥通往无数座桥
此时此刻就是世界的原点

四

无数个日夜　建设者穿行在
丰饶或贫瘠的地界
一次次改进斜拉桥平衡施工法
谈论辅助墩的设计和
边跨顶推工艺

铺设桥面吊机
一片片将钢构件在空中拼接起来
在离地两百米的高空
重达一百六十吨的钢构件
经受着不规则峡谷大风的吹打
将直径只有二十七毫米的螺栓
一个个精准对接
每个螺栓的误差在 0.5 毫米内
一百六十吨重的两个钢桁梁在空中对接时
上下左右不能有 5 毫米的误差

这是世界桥梁建设史上的第一高度
坐落于云南宣威与贵州水城交界处
横跨云贵两省
全长 1341.4 米
垂直高度 565 米
几乎捕捉到了天空的心跳

通过北盘江大桥

云贵两地的崇山峻岭连接在了一起
阳光落在瞳孔里
雷霆般铮响
我们谈论散落的盐
我们的兄弟热泪从心底升起
在汹涌的急湍中
尖兵的利刃竖起了前行的浮标

请用激流的喧哗锐化我们的听觉
请用地层的黑暗擦亮我们的眼睛
请用酷烈的艰辛淬炼我们的灵魂
建设者们正把大地引向嘹亮之所

五

刀斧切割钻石
大树渗出油脂
森林有鸟的视野
一个个深沉的音符
湛蓝上升

光芒正四处播散
黄蜂吸吮大地最热烈的部分
一层晦暗就有一层光
看，燧石的暴脾气
正发出羽毛一样的光焰

祖国的每一方寸
山峰　高原　大海
我们的从谷底从大地之腹
从群山之巅升起的太阳
它光辉的面孔朝向每个人

陡峭的天空开始斜向大地
意气风发的建设者
和黎明节制的光亮
醒来疾驰
嗡声作响
在疏朗的枝叶之间
我们的太阳在照耀

怎样的燃烧啊

我们的青春

群山横亘

好多世纪的文明

小小的局限中藏匿了伟大的无垠

矮寨特大悬索桥

比生活更沉重的夜
有小小的塌方和滚落的巨石
但植物经年茂盛
矮寨镇北坡的大山上隐藏着
一条上世纪三十年代修筑的
“湘川公路”

少许阳光和丰沛雨水在森林
内部流转
沿不可见的路径各奔前程
荒凉与富饶都不重要
藏匿身体里的春天是意义所在

设计者曾翻山越岭
路过高山坡陡，千沟万壑

遇见溶洞、裂隙和危岩体
在混沌的夜里　在飘忽不定的午后
一无所知的时辰渗入植物的根须
温驯的动物穿过丛林
去往任何地方捕获所有的光亮和
遥不可及的时日

仿佛这偏远之地
陌生的世界
也有人到访并深爱
造桥者经过
如光经过阴影
脚步必须轻柔
毫无疑问，一些阴影得到了修正
从一阵风抵达另一阵风

焦躁不安的人说不出爱
必须小心翼翼
站在不可能的领地
牵扯钢索的飞艇和大风在峡谷穿行

岩锚吊索结构和碳纤维预应力筋材
跨越 1176 米的德夯大峡谷

2010 年 10 月最后一根主缆索股架设完成
2011 年 8 月最后一颗铆钉装嵌到位
世界峡谷跨径最大钢桁梁悬索桥
正式合龙

至此，每一处悬崖
径直通往很久以前和将来
它们所向披靡
途经时间的峭壁

峡谷最深处犹如深井
阴沉的回声来自四面八方
黑暗曾视阳光为一种冒犯
凝视它
青铜的石壁和汹涌的时间
铛铛作响
不要挡住阳光

无数的植物正揭竿而起
阳光像勋章一样
落在我们心脏处

何其敞亮
万物一切的关联——
大地宽阔的肩胛骨
世界永存的记号和
一点点启示

光在无限的空间聚拢
寂静具有击溃万物的力量
众人脚尖离地
依托在无穷无尽的序列中

外在部分成为流逝的时间
我们分辨事物细微的差别
树杈曾汁液丰盈
现在干枯
但足够的雨量正在蓄积

森林光亮的弧线谓之交通
一桥飞架
深谷通衢
云贵高原与沅麻盆地借
无数的耳朵和眼睛
敏感的如同无边的午夜
时间的暗示与咄咄逼人

巨型沉井和177股钢缆

——一跨过江之江阴大桥

汹涌的大河之上将要发生什么
这块鱼肚白颜色的披风
移动的速度惊人
承受着群山一样的重量在移动

七千年历史的黄金水道
十七倍京广铁路的货运量
二倍于密西西比河　三倍于
莱茵河
从独木舟到木帆船再到
万吨巨轮
波澜壮阔的长江航运史

我们在江阴大桥的边上
水流锋利的刀尖
抵入我们的呼吸

"一跨过江"的桥型方案正蓝图
跨越千米是中国桥梁设计师夙愿

是年二十七岁的王仁贵
负责江阴大桥北锚沉井的设计工作
锚碇将稳稳地固定住主缆
锚碇是深埋地下的大型混凝土结构
得保持距离来观察
主缆穿过了三角形的建筑
在地下二十五米的地方被分散一百七十七股
这一百七十七股通过传力构件把力完整地
传到了锚碇上
大桥南北两个锚碇
紧紧拉住主缆
主缆拉力 6.4 万吨
当长江上五万吨的货轮驶过大桥时
每个人都把自己与世界连接在一起

而北锚碇位于地质松软的冲积平原上
面积足有十个篮球场大
钢缆下沉穿过四层不同土质
核心的力量隐藏在地层之下
在巨型的沉井之下

每一股钢缆在这一刻被无限

它们从一部梦想之书中诞生
从大地获得不竭的力量
永远的激流发源于未来

大船拖着长长的汽笛声
向智慧与不朽致敬
多么嘹亮，凭借大地不朽的名声
我们可以相信远方和每一次出发

新中国的一号重点工程

——康藏公路之怒江桥

激流如怒
浊浪拍着岩石般的光辉
与沉寂
穿越时光，浪花如大火
1950 年 4 月
新中国一号重点工程
康藏公路破土动工
起点是雅安金鸡关

战士们放下了手中熟悉的枪
拿起了十字镐
投身到康藏公路的施工建设
十一万筑路大军
从雅安一路向西

劈悬崖、征险川

四年的时间
凭着钢铁般的意志
用铁锤和钢钎
劈开悬崖
征服险川
筑起一条二千二百多公里的天路
——康藏公路
将雪域高原与祖国内地紧紧相连

这条天路
每一公里
都有筑路的烈士长眠在路旁
怒江，那是永生如新的急流
为了将卷入江水的兄弟陪伴
为了高山峡谷
开出来年的田畦

西南之水

可供历史取一瓢饮痛
怒江的石头
以骨头相连
流水闪耀着生命的光辉
暗灰的山上，雾霭翻腾
攀爬之路不需要任何危险的
词语来修辞

冰雪　暴雨　浓雾　泥石流
十九军的勇士们悬崖软梯打眼放炮
硬是将山壁砍出一个缺口
至此　一草一木皆是生命
有露珠有雨水
有泪也有血
怒江之水在奔腾

那些勇气和骨头
闪亮坚硬
在寂寂燃烧
不断有人从高崖上坠落

怒江的雪那一年是红色的
雪地是最寒冷的墓穴
死会让生命继续成长

许多人脸上有泪
每一滴眼泪
胜过一个怯懦的海洋
许多人身上有血
这是由最锋利的剑劈开的活火山
那些征服雪域沿着闪电行走的人
都是中国的夸父

十枚太阳齐射进胸膛
发烫的血液如导火线
在嗞嗞作响
河流山川得到前所未有的尊严
或者只是汹涌的急流中
看到长长的爱、死亡和黎明升起

八 字 桥

——中国历史上第一座立交桥

鉴水三千，水皆縠纹
不止一处的粮食
酿成了酒
嘉泰年间始建八字桥
陆连三路，水通南北
南承鉴湖之水，北达
京杭古运河
大船所到之处皆富庶之地

桥东为南北落坡，呈八字形
桥西为西南落坡，也呈八字形
一桥连接四方　八百年
小小的代言者和鼓舞者
反观或者启发

略呈月梁形的微拱桥梁
桥台大石梁以榫卯连接
——时间的囚禁与释放

光在抵达边界时如桨声欸乃
船行百年
向裸露的太阳致敬
昆虫、杂草、单调的矿物质
名副其实的平庸之物
等闲之辈
这也是我
波纹在找寻的确凿证据
纯粹的热烈的　一小撮
永恒之物

或者冬日暗夜的河床
时间精准的分秒给予我们
生活的真相

四十年前

外婆抱我过桥
桥如羊脂白玉
河流青色如汪洋
时间以柔光来赞美世界
总有一场将下未下的雨
大海之子或森林之子
总是愉悦和骄傲

八百年前的筑桥人和过桥的人
已隐入万物的生长
只留下严谨的刻度和细微的抚摩
在水深处又在星河之上

它总是沉默
它急于生活
它听从神秘主义的召唤
把自己交给每一位陌生人
带着火的鳞片如光在冒险
几乎自由

一切流转和无常
是漫长等待是独自前行
是阳光普照和流水汤汤
是郁郁葱葱的旅途和无法抗拒的苏醒

我们在桥上望流云
谁也无法停留在此时此地
对自由的赞美泄露了
我们的处境
降下的雪可以解释白昼
我们向命运掷出的骰子
谁在驱策万物
石梁驳斑，阴影是永远的沼泽
光线最亮处　可以穿透时间

许多年的树叶在那儿纷纷坠落
死亡是另一种新鲜的存在
这是生命最好的礼物
如一条鱼游入永恒之河
我们几乎来自另一个地方

我们的时代亦所有的时代
它跨在生命的中轴线

它全然冷静地注视着我们
与此时此刻保持着无限的距离
而成为我们的内心

一个个伟大的日子
兴趣盎然地诞生
总是如此
寒星破碎
历史命令我们完整
美是危险的
它寂然不动，群鸟起飞

果子沟大桥

霍城县东北 40 公里的山谷
长满了野苹果
野骆驼和雪白的马匹正穿过落日
我们驾车挨着金黄的山脉
缓慢地行进

大风刺探不明所以的春天
两千年前强盗曾掳走黄金
王孙已死
忘掉他们吧　像忘掉厄运

他们常回来哭泣
无数条小溪
无数个赛里木湖
无数次告别

无数次重逢

塔松一直在生长，一直
在与自己分离
茂密是一件凶猛的事

它滤掉了光和光的幻想
隙缝间有王冠、宝石的切割线
和一些诡计

女人牵着商队的头马
甜蜜而忧伤
从陡峭的叶片上走下来
被赐福的鞭子抽打

麻雀在两棵光滑的侧柏之间
被哺育
我们的一生一次的流浪
从赛里木湖到伊犁河谷

果子沟大桥记录细密的差异与刻度
太阳每天从东到西大迁徙
我们小心翼翼剔净深海鱼身上的刺
佐以烈酒

目睹荒原上一场大雪
目睹大鸟迷路
目睹一条路穿行在崇山峻岭中
目睹雪山融化流入一只空酒瓶
太阳饮尽这瓶酒就冉冉上升
那么广阔，那么孤单

午夜的太阳和世界的水手
——西堠门大桥小记

册子岛上的小舢板正穿过狭窄的水道
风力陡增
一年又一年
跨越水深流急的大海之门
涌动的洋流
在所有好的事物和坏的事物中间
把秘密吐露给我们

新鲜的纯粹的想象之物
拖着银光闪闪的铠甲和不断攀升的浪尖
来到我们中间

二千二百米的天堑暗流汹涌
这是未来的时间

有渔民成了大桥的建设者
每一天主索缆垂下太阳无尽的光芒
吊缆吊起十余级的大风
钢箱梁将桥面竖分为二给大海松绑

大桥单跨 1680 米，211 米的桥塔
5 万吨级的海轮逆着看不见的光辉
驶向汪洋

每个人的暗夜
都有一轮无人认领的月亮
浮游在生活的群山之上

大海盛大的游行包罗万象
远去的逝者和复活的细节
流水的暗示永不停歇

原野和高山都是它的一部分
无数的车辆无数的大船经过

来自母腹的一往无前

在胼胝和掌纹似的朝代里流转
必须遵循破晓前的大义——
绝不细说历史的线索
绝不赞美书中的寓言

风 水 志

——越州百孔官塘之纤道桥

一

“你们听到了吗？地盘动了！”
先父告诉我
“好像洪水来了的一阵轰轰的声响
老半天才响过去。”
我疑心他耳鸣
地盘在我们乡间
有着“风水”的意味
先父所以把这件事看作是神秘而严重
盖有着天下大变的预感

他是晚清举人
有文化的乡绅

后来我才知道
概天下大变的只是杭桐线上小火轮的声音
似潮来时的轰鸣
但不久后，天下真的就此变了

时代的心脏
应当这样认为：
时间把我们带入小火轮转动的春天里
汽笛犹如进化论下的单线历史
但火车的鸣笛很快上演了复线演进的图景
在钱塘江边
我看得清楚
船头，铁制的锚堆着绿霉
圆眉毛上聚满了坚毅的燕群

二

摆渡的人有长满老茧的手掌
它在船头温酒
大橹在水中吱吱哑哑
如患风湿的关节痛苦地呻吟

一个时代的暮色四合
宛如老画册的水墨在洇开
夕阳是未完成的诗行
教人明澈而庄严地念想

水路苍茫
浮萍开出蓝色的花
第一朵被温和的水雾缭绕
第二朵安静如长长地分离
有老人在晚上逝去
风熄灭蜡烛
哀哀低徊的乐曲响起
江已萧瑟
旧时的悲戚和新生的软弱
水落石出

三

安详而沉重的水流之上
长尾巴的风朝四面八方狂吠
旧时的渡口忙于填土

一些好看的野花被随处丢弃

驳船靠岸又离岸
几家航运公司像鱼鹰一样争夺食物
疾驰的铁皮车厢剖开了黑色的土地
不由分说地带走了最肥美的一部分

大旱　一场来自远古的争夺
天空与大地开始疏离
渡口成为巨兽的眼　深陷大地
它看到裂开的墓地之上群星坠落
它看到许多粮食荒在田里无人收割

那些继续耕种而暗自忧伤的土地
如臣子朝觐般虔诚
它看到怀念从死亡开始
往日的时间如群鸟纷飞又聚拢

四

事物开始触摸到了自己的边际

它看到生长　迁徙　衰老
大船　一枚被束之高阁的土豆
田鼠在它腹中娶妻生子

它看到古运河　上游　黎明
无穷无尽的幻想
秩序和无处不在的暗疾

桥上行人，桥下背纤，舟行画里，人在镜中
“西则迫江，东则薄海”
牵动风呼呼前行的桅帆
逆着时光贴近复活的甘泉

穿过植物生长的力
穿过水流击穿石头的力
以催动死亡的血液恢复奔流的勇气
我以为太阳只是鲜红
直到看见万千的思想消融于时间的流里
我以为驻马驿只是一个码头
直到我无声的惊愕听到了它光亮的声响

我以为大船只是远行
直到我血管里涌动着忧伤
看到有人仅用流水的言辞描述你

在地底　在天空
在所有存在事物中有魂魄在冶炼
冶炼这时光涡旋中的初始之神
无数的意象升腾在天空
我们相爱　劳作　继续远方
在甜蜜残忍触须般的光芒下
直至封锁的水域萌动

五

一个白昼的时间
足够船从一个集镇到达另一个集镇
除了大自然造的界限外
没有其他界限
如果我们承认
江河对聚落起着决定性的作用
现在依然如故

但火车和公路试图分享
一个安排得多好的世界
风向　季节和水流也曾扭曲这条时间线
一条船在江上　一条鱼在饵上
我们只叙述小历史
太阳运行在自己的轨道上
野草和藤蔓缠绕着倒塌的大理石柱
面临弗朗索瓦·多斯碎片化历史的诘难
黑沉沉的江上有金色的帆
晒黑的皮肤赤裸的脚
春天一样的血液
比抽象的观点更接近历史的真相

六

有光　水生龙鳞
春深时鉴湖渐绿
潦倒的照壁上有八百年猛虎
如老人在枯阳下假寐

大门上的铜兽锁繁华而寂静

流水正为江山松绑
济世是后话

船拢向渡口
凭栏的东风正叫卖夕阳
此时夕阳大如牛
运河譬如巨大容器
容日升月落　地老天荒

偶有水鸟在树丫笑大船被搁浅
如不谙世事的孩童戏弄持重的暮年
只大橹如铜钟般可靠　准确生动
只一次　如梦想远行　抑扬噌吰
只一次　如深爱一场　欢天喜地
只一次　如自由之于生命
日月经天
江河流转
上游及上游之上如天空般触手可及

钱塘江大桥

——中国第一座铁路公路桥梁

1934 年 11 月 11 日
五千余人聚集杭州六和塔下
这里正举行盛大的开工典礼
此地江宽五千余尺
风水天成
瑕疵是泥沙堆积而层层偎依
水缓而波纹滞重
如江南青灰色的瓦
每有大船航行于此
水波就以相反的力
给予仪祀的庄严

浅滩既成，六和塔德高望重
调停或允行

看风水行事
上游富春江宽两千余尺
水流湍急如少年约架，冲动而危险

1937年7月7日卢沟桥事变
8月淞沪会战爆发
建桥作业伴着敌机的轰炸声
下游，月轮山下
强潮在海盐裸露的肚脐之上
存入一只锡壶

琢之方　砥之平　弥直罅之水
鱼鳞用单色的静医治我们的水患
江底淤泥深则40余米
茅以升建桥团队用射水法、沉箱法
解决了钱塘江泥沙淤积
和暗潮汹涌的问题

一次在日军的空袭中电路中断
看管电闸的工人冒着生命危险

及时打开水下沉箱的备用空气机
使得茅以升在内的三十多名桥梁专家无一伤亡

“桥工未完，抗战已起，这真急坏了人”
茅以升说：
平常造桥都得基础、桥墩、桥梁“三部曲”
而钱塘江大桥为了赶工
木桩、沉箱和钢梁不分上下同时动工

热火朝天的建造者，所到之处皆日新月异
1937 年 9 月 26 日清晨
钱塘江大桥下层铁路运输线率先通车
当天大批抗战物资通过铁路运向前线

智者在急流中抓握着中国前行的方向
像地表举起了山体，火种应了打火石
有大船如红色旗帜
千万个理想春天般浓郁

无须神的启示

苦难足够治愈人类顽疾
水的秘密透过日光生长
黎明在潮汐鼓荡中诞生
太阳鲜红
四面的风正在流水之上繁衍他们的子孙

之江的钢围堰

世界在一条江的腹中翻滚
葳蕤如初生
当积雪铲平了沟壑，佝偻的树枝
和辽阔的灰天
你嘹亮的声音
如开炉的钢水投入春天的原野

号角马嘶随爆裂的冰排一起喧响
枯枝点燃了天空
迅疾的闪电惊醒沉睡的朝代
咕咕冒泡的大地长出翅膀
——沉重而颤抖的翅膀
成群的蜜蜂在春天的乳房上
吮吸着新一天的蜜汁

这儿时光愚顽且悠长
草木通晓光与水气的结合
无所谓深浅　无所谓远近
有条密径维系着水的秩序
总有力量在加入它
以至于我总想探究它体内的光芒

事事老旧又新鲜
喧哗在争夺内心
与经验错开的地方就是成长
几千年强潮汹涌
正是之江最硬的那块骨头
发出的响声盖过周遭的一切

注定受光芒的牵引
千重艰辛
将日月的精华收藏
琢入流云　飞花
从突兀之塬飞越天堑
这片水域太小而你的心足够大

你喜欢听潮涌的呼啸
你是格瓦拉的代言人
你的声音让弗里达听见就麻烦了

写下太阳，太阳就不会消失
握紧一个时代
时代有了光芒
沉放　控制　吊装
在强潮流急的杭州湾
你是之江的钢围堰
是钱塘的黄金时代

一千多个日夜从此有了史诗般的壮美
2008 年 5 月，你的笑里有种透彻的蓝
不是其他任何一种颜色
只是蓝　你给我们的
我们最想要的果实
——时间的光芒

桥头石狮子有隐形之身和呼啸之音

——外婆桥广宁桥

一

河在幽蓝处抽枝
逃荒的人像痨病郁结在胸
又咳向四面八方
战争打响了
许多男人没有再回来
我记下了一些可信赖的东西
桥头的捏面人和招展的酒旗

有时乌鸦满天
天空像巨幅的油画
我日日坐在船头

看大河吐纳日月星辰
这个夏天　日本投降
女人迷上了旗袍　伞骨和戏

二

亚麻色　轻薄如蝉翼
夏布笼我以穹顶
上游远道而来的广阔的风
梳理梦之困惑
江河如圣坛的镜子
大船穿行其间
如在神殿朝拜
太阳用金线交织经纬
水面有鱼游过
它们没有意识到窥视与野心
在咫尺的地方
众人以捕获它们而获得明亮的愉悦

三

倘若无法对抗暗藏的利爪

像极细小的思想被条分缕析
毛茸茸的肉食动物和
用鳃呼吸的冷血脊椎动物
正在进食与死亡
暴露在空气中的鱼
危机无处不在
阳光分崩离析
从肉身中挤出
鱼鳞闪亮犹如獠牙
凋落的生命与白昼的弧光相交错
只有桥头的石狮子世代不朽

四

十一月初
两岸的乌桕叶已经鲜红
我们采摘雪白的乌桕子
卖给做蜡烛的匠人
那些年时光飞逝
幻想高于现实
我随时可以造一个壮观的理想世界出来

有时候我也会被我的逻辑吓坏
但现实让我忍耐
我忙于收割庄稼
与老鼠和虫蚁交谈
在田间踱来踱去
旷野的风把我单薄的身体吹得夸张无比
像鸽子的身体在老鹰的利爪下变形

草叶生长的速度惊人
花朵开得肆无忌惮
但迅速老去、死亡
它们的样子吓坏了我
这个时间的囚徒
只偶尔坐在江边
看货船川流不息
爱上远方是最近的事
爱上码头和流水也是最近的事
要不然
不如江对岸晾晒的新染棉布
那一英亩的面积

看上去就像一抹孔雀蓝
刚好与色彩斑斓的秋天相匹配

五

分门别类的货物和一门心思的运货人
往返于大河之上
石桥散发的温热有着爱一样的物质
但大河灼灼于心
桥东日升　桥西日落
是谁输掉了此岸与彼岸间
光的货币

降下旗帜，败北三日
一日江南千里，夕阳在堂前落下尘埃
一日巷子深深，枯叶老墙如铜版画
一日长河落日，树木疯长
世界寂寂无名

城墙　酒旗
桥上闲云几处　桥下江流宛转

桅杆上高挂着的太阳
是人们在经验之外发现的永恒

六

张公乐水
夜夜出　卧舟看月中
原本白天也能看星宿
但蝴蝶用翅膀在运土

白石桥头有讲古的人
讲马下草军书的陆放翁
讲范大夫筑城立郭
分设里闾
讲忠臣伍子胥被杀
讲英雄与他的女人相忘于江湖

他总是睡不着
天空空着　水留白
词无限生长
夜长得说不过去

他担心它的尾巴会碰到什么
为此他必须从头开始

因为绍兴府
实际上就是监国之所
就是南宋临时都城
是两晋的会稽国都
是春秋五霸的越国国都
是夏王朝
是大禹治水东巡的苗山
如果事情是这样的话
事实上就是这样
是应该　安心地睡了

图书在版编目（CIP）数据
向天空拉满弓 / 桑子著. —北京：中国工人出版社，2023.5
ISBN 978-7-5008-8063-9
Ⅰ. ①向…　Ⅱ. ①桑…　Ⅲ. ①诗集–中国–当代　Ⅳ. ①I227
中国国家版本馆CIP数据核字（2023）第084234号

向天空拉满弓

出版人　董　宽
责任编辑　傅　娉
责任校对　张　彦
责任印制　黄　丽
出版发行　中国工人出版社
地　　址　北京市东城区鼓楼外大街45号　邮编：100120
网　　址　http://www.wp-china.com
电　　话　（010）62005043（总编室）
　　　　　（010）62005039（印制管理中心）
　　　　　（010）62379038（社科文艺分社）
发行热线　（010）82029051　62383056
经　　销　各地书店
印　　刷　三河市东方印刷有限公司
开　　本　787毫米×1092毫米　1/32
印　　张　4
字　　数　19千字
版　　次　2023年8月第1版　2023年8月第1次印刷
定　　价　22.00元